鲁薇斯街区

[沙特] 赛义德·萨里希 著　李世峻 王诗彤 译

الرويس

五洲传播出版社

图书在版编目（CIP）数据

鲁薇斯街区 /（沙特）赛义德·萨里希著；李世峻，王诗彤译. -- 北京：五洲传播出版社，2024.6.
ISBN 978-7-5085-5244-6
Ⅰ．Ⅰ384.45
中国国家版本馆 CIP 数据核字第 20242121KV 号

出 版 人：关　宏
责任编辑：周晓彤
装帧设计：红方众文

鲁薇斯街区

作　　者：〔沙特〕赛义德·萨里希
译　　者：李世峻　王诗彤
出版发行：五洲传播出版社
地　　址：北京市海淀区北三环中路 31 号生产力大楼 B 座 6 层
邮　　编：100088
网　　址：http://www.cicc.org.cn，http://www.thatsbooks.com
电　　话：010-82005927，010-82007837
印　　刷：北京圣彩虹科技有限公司
开　　本：787mm×1092mm 1/16
印　　张：6.75
字　　数：80 千字
版　　次：2024 年 6 月第 1 版
印　　次：2024 年 6 月第 1 次印刷
书　　号：ISBN 978-7-5085-5244-6
定　　价：58.00 元

纪念两位挚友

扎基·萨里姆·德里布
苏莱曼·马图卡·马纳阿

目 录

序 001

一 005
二 013
三 019
四 023
五 029
六 035
七 057
八 069
九 077
十 079
十一 081
十二 085
十三 087
十四 091
十五 093
十六 097

序

我们降生于两个时代之间。

那时,贝都因①文化正在消逝,而城市文明还没开启。

那时,往日的游牧生活正在渐行渐远,而城市文明则显得那样陌生。

而我们,是鲁薇斯街区的孩子。

我们的父辈,是那些逃离了荒蛮村野、孤寂沙漠和瘠薄海岸的人。在这座城市的中心,他们的广阔天

---

① "贝都因"系阿拉伯文音译,也即游牧。——译者注

地无处可寻。于是，他们偏居在城郊不起眼的地方——尝试着靠近这座城市，靠近那些渴望城市或者对它满是疑惑的人们。这座城市并不能让他们过上富裕日子，他们却也离不开眼前的这座城市。城市和他们之间，隔着一堵带门的墙，而要抵达他们的村子，还要跨越一片荒凉的土地。他们生活在城市的边缘，也生活在乡村的边际，城市仍旧是陌生的所在，乡村也早已似是而非了。

在这两种边缘之间，我们降生了。

在这两种边缘之间，我们生活着。

这里有旷野游牧的风光，也有繁华都市的影子。

在这两群人之间，我们往来穿梭，摇摆不定。

我们席地而坐，黑夜在故事和奇闻之间悄悄降临，故事里写满了鏖战、厮杀、动荡、枣椰树、泉眼和驼队。我们在混杂着风声和精灵吟唱的沙漠中穿行，还有海岸——每当月圆之时，那些溺水者仿佛还在岸边漫步。

和父亲相伴的日子里，我们看到他们大清早郁郁寡欢地出门，去找寻那些隐匿在城市围墙背后和海浪下的吃食。傍晚，他们便带着残羹剩饭和新鲜的晚间故事回来——那些有关祖辈们的回忆。这座城市的残酷让他们颜面扫地，他们的自尊也可能被悲痛之情所掩盖——有太多渔人把生命葬送在大海深处，有去无回。因而正是这些祖辈们回忆的存在，父辈们才能重拾自信。

这便是鲁薇斯街区。我们穿梭在牧野和城市之间，而那些在夜晚的牧野编织而成的故事，白天的城市会将它们撕碎，循环往复。

那些搬入城市生活的人——就像父辈们刚刚进城一样——好像注定是一群居住于此的异乡人。他们不曾被写进这座城市的历史，城市也不熟悉他们的过往。他们来时，心中怀揣着风沙嘶鸣的大漠，脚下却在居民区的潮湿小巷和繁华市井中穿行。

我们是鲁薇斯街区的孩子，这就是我们的生活。

贝都因人……

假如在一些聚会上，那些土生土长在吉达的人和我们围坐在一起，我们会自然地和他们保持距离，欣然接受自己贝都因人的身份，称那些人为"城里人"。

城里人……

鲁薇斯街区

假如有来自旷野的牧民远道而来,我们也会同他们围坐在一起。他们居住在偏远的村落,还坚守着习以为常的传统生活,钟爱着在枣椰树下乘凉的日子。

但是,眼下的枣椰树正在一棵棵枯萎。还有那些羊群,它们再也无处寻觅肥沃的草地,而只有牧草才能让它们不会饿死。

在贝都因和城市之间,我们生活着。

即使吉达的城市生活对我们而言依旧陌生;沙漠旷野中的那些牧民亲人也开始对我们心生疑虑。

在这两群人之间,我们生活着……

最后,在城里人看来,我们是贝都因人;而在贝都因人眼里,我们却是城里人。

我们也不再认识自己了。

城里人……贝都因人……贝都因人……城里人……

于是,我们没有了归属,不属于其中任何一种。

鲁薇斯街区和这里的人们仿佛是一座站台,历史从此处穿行而过,它匆匆离去,全然忘却了我们的存在……

一

　　起初，鲁薇斯街区的房屋坐落在吉达北部，那里曾是父辈们居住的地方，也正是在那里，他们被命运抛弃。茅草屋、木箱子，还有很多泥土和石头砌成的房子。那些房子只是因为贫穷的程度不同而或大或小。尽管他们出生在不同的部落或村子，贫穷却是他们的共性。每当水源枯竭、无处谋生时，那些村子就成了他们尸首的棺椁。

　　在鲁薇斯街区，每栋房子的小院里都有一座隐蔽的坟墓，里面安置着村里往生的人；或者，放着一口给将死之人预备的棺材。

鲁薇斯街区

***

在动身离去之日，大海仿佛趁机藏匿进了他们的行囊之中，又好像是他们随身携带着大海一样。大海和他们之间存在着一种血缘关系，或是一种契约，他们像了解自己一样了解大海。他们以暗流、海岸、贝壳和鲸鱼之名呼唤大海，或是以被它夺取了生命的父亲和儿子之名呼唤它。大海也一一呼喊出他们的名字"蛊惑"着他们，一旦得到信任，便将他们倾覆在大海之中，用一些人的生命去换取另一些人的生计。

海岸边众多村庄的那些旅人，当命运让他们在距离吉达三公里的地方驻足，他们便开始建造房屋，如同在大海上撒网一样，渔网不断延伸，目光随渔网所及的尽头，是他们时刻牵挂的深洋。当黄昏晚霞染红天际之时，他们预感到不详：他们的手指向前方喷涌而出的鲜血，那里预示着杀戮和死亡……

死亡其实并不在远处的那里。就在此处，死亡已经司空见惯、不足为奇，他们也没有亲眼目睹远处溺亡之人流出的鲜血。白昼将尽时，渔民们纷纷归家，他们离开了，但死者却永远留在了海底。鲁薇斯街区原本有两处墓地，而大海是它的第三处公墓。

大海在他们面前舒展开来，把双手伸到了陆地之上，就像要同时签下生与死的契约：这就是我给你们的双手，要么同时握住，要么同时放开……

他们只有一个选择，与大海共存亡。

大海伸展开来，在吉达北边生下了两个孩子，大的叫做"卡哈兹港口"，而小的还未取名，因为他还没有到取名的时候。人们将他视如己出，出生不满七天的孩子不能赐名，到了七天，宣礼员要对着孩子的右耳念诵宣礼词，对着左耳念拜词，然后对他小声说：

"真主赐予你名字……"

但赐予的是他父母选择的名字。

不知是大海流淌过岁月，还是岁月流入大海，小儿子尚未满七天，右耳还没有响起宣礼员的宣礼词，左耳也没有听见拜词。但他仍然是小鲁薇斯，没有人对这个名字提出异议，他从海里翻涌到了陆地上，这块陆地便成为了鲁薇斯街区，仿佛这块土地生来就是

鲁薇斯街区

大海的一部分。

他们将陆上鲁薇斯和海底鲁薇斯分隔开来,沙漠之书中的一页记载着他们外出捕鱼留下的脚印,那也是他们在这块土地上最后的痕迹。书上记载着他们的遗嘱,留给落日时分等待着他们归来的人,或者,记载着为被大海吞没之人准备的悼词。

街区里的姑娘们在争论不休:

"这是我哥穆罕默德的脚印,我跟你们打赌。"

姑娘们互相都笑了,小声说道:

"你能知道是他,因为他是个瘸子。"

"好吧,这是我爸爸的脚印……他们跟我说他是个瘸子。"

一阵风吹过,带来了旅人的消息,女孩们察觉到不妙,便四散回家,对她们的母亲隐瞒了风中的消息。

据说,阿瓦德潜入海底去解开渔网的时候,一块血迹漂升到海面,他的同伴们便知道不用再等他了。当得知儿子的死讯时,阿瓦德的母亲跑到早上儿子离开家时留下的足迹边,掩面而泣。她用一口锅把第二个脚印遮盖了起来,每当悲痛不已的时候,她便把锅翻开，手指轻抚过脚印的边缘……面对大海留下的印记，她心灰意冷……

一日，肆虐的狂风在她不经意时掀翻了脚印上倒置的锅，阿瓦德仅存的痕迹被风吹散了。她急忙跑到邻居那里，央求邻居的儿子在原本放置锅的地方帮她将脚印恢复原状，而当再次掀开锅看到脚印时，她大喊道：

"我发誓！这不是我儿子留下的！"

"向先知祈祷吧，阿瓦德妈妈……"

她的邻居对着她大声叫喊，试图将她送回家里，好让她平静下来。

"我发誓，这不是我儿子留下的……"

接着，鲁薇斯街区的人都知道了，阿瓦德的母亲疯了，她挨家挨户地问，有没有人知道阿瓦德什么时候出海回来……

至于法蒂玛的祖母哈米黛，在她出事时，朋友们看到她在座位上扭曲着身体，好像正在从礼拜中起身，或者正准备开始礼拜。据说当她得知独子溺水的时候，她跪倒在地，虔诚地祈祷，起身中途便突然不动了，

鲁薇斯街区

到死都维持着这个姿势。

"死亡折断了她的脊背。"

街区的母亲们向她们的女儿讲述了这位母亲的故事,她们请求真主赐予她坚忍,让她进入天堂……

每当阿瓦德的母亲讲故事时,女孩们便互相用眼神示意。她说她见到了哈米黛,看见她在天房①昂首挺胸地巡礼,为了能亲吻到玄石,她在人群中推搡着……女孩们佯装相信阿瓦德母亲的话,她们也清楚地知道,她自从儿子离世之后便没有再去过麦加,而且已经心智失常了……

法蒂玛副朝②回来的时候,对她的母亲小声说道:

"阿瓦德妈妈还真是讲了真话,我看到她在天房巡游③。"

"看见谁?"

"哈米黛祖母。"

---

① 阿拉伯语音译,意为"立方体房屋",中国穆斯林称"天房"。位于沙特阿拉伯麦加禁寺中央。系世界穆斯林礼拜朝向和朝觐中心。——译者注
② 指穆斯林在正朝以外的任何时间到麦加履行朝觐的活动。——译者注
③ 指围绕天房礼拜。——译者注

"奉真主之名……这怎么可能……"

"但……我是不会认错的。"

"好了,别跟任何人说这件事。"

此后,阿瓦德的母亲再跟法蒂玛和她的妈妈讲故事时,她俩便不再交头接耳了。阿瓦德的母亲说看见哈米黛昂首挺胸地在天房四周巡礼,并且说道:

"她还让我替她向你们问好。"

二

穆罕默德·艾哈迈德在一块木板上雕琢着大海，木板已经被水浸湿，两座岛屿从水面耸立而起——一座叫艾布·萨阿德，另一座叫瓦西陶……

有关这两座岛屿的事情，穆罕默德并不是从学校的课本上读到的，他是从父辈们的讲述中了解到的那些传奇——人们在岛上的海岸边呼救，将大海视作仇敌，狂风刮得渔船摇摇欲坠……父辈的这些回忆把他们带回离开鲁薇斯街区的那天。那时，战争近在咫尺，吉达被封锁。那些日子里，这两座岛屿就是离人们最近的避难所……

鲁薇斯街区

穆罕默德稍微远离那块木板，退后了几步，鲜少露出微笑的老师在他的额头上画下一颗星星。他回到木板前，颤抖着的手犹豫不定，然后，大海中又升起了第三座岛屿。老师问他，这座岛屿叫什么名字，他回答说：

"没有名字。"

"没有名字？"

"我奶奶说，这座岛屿没有名字。"

小孩子们纷纷笑着说：

"你奶奶还懂地理？"

额头前的星星落了下来，他又重新回到了座位上。

***

阿比黛把孩子揽在胸前，孩子的两只脚在她的长袍上叉开，颜色青白。阿比黛倚靠在船桅上发誓说：

"向真主起誓，我绝不会让你们把我的儿子扔到海

二

里,让他被鱼吃掉。"

儿子去世三天了,四肢已经变成了青色,尸体的味道开始散发出来。但是,阿比黛依旧抱着他不撒手,哪怕是睡觉的时候,她也用长袍的边缘把儿子包裹起来,一只手臂环抱着他,将他的头靠在自己的手臂上。每当感觉有脚步声逼近,她便把儿子搂在胸前,用力拽住裹着尸体的长袍。睡醒之后,她一边用双手托着他,一边寻找荫蔽处让他乘凉,然而船上什么都找不到,只能深陷烈日的泥沼。她用自己的长袍给他遮阳,然后坐下,小心提防朝她走来的人,几双眼睛同时也在盯着她,正是那些劝她把儿子的尸体抛入大海的人。

整整三天,海浪从四周汹涌而来,却没有出现一座可供栖身的岛屿。

"阿比黛,死者为大,你把他埋葬了吧。"

她的丈夫对她喊着,伸出手要去抢她怀中儿子的尸体,阿比黛逃到船边,差点掉进海里,这时她的头巾已经松开垂落。

"你冷静一点儿。"

被烈日炙烤的人群里,有人呼喊着,阿米黛重新系好头巾，缓缓抱紧了儿子的尸体：

"埋葬他……所谓的埋葬就是把他扔到海里。"

"周围都是看不到边际的大海，这里哪儿有能埋葬他的地方？"

"那就把他埋葬在我怀里，我不会让他们把我的儿子扔到海里喂鱼的。"

从吉达出航之前，他们就做好了死亡的准备，随身携带着一块石头当作殓衣。每当死神掠走一个人，他们便将石头绑在尸体上将其沉入大海，海底就是他们的墓地。

"我们不知道他还有一座刻着'开端章[①]'的墓碑。"

哈米德一边看着他们绑好自己兄弟的尸体，准备扔进大海中，一边对她说：

"为他念诵'开端章'吧，它能护送他去任何地方。"

"问题不是'开端章'护送或者不护送他……我……问题是我……如果开斋节[②]早上你们都去墓地祭拜亲

[①]《古兰经》的第一章（苏拉）经文。——编者注
[②] 全球穆斯林庆祝斋月结束的节日，在伊斯兰历闪瓦鲁月的第一天。——编者注

二

人,我又该怎么办?"

旁边站着的人颤抖着,言语中带着戏谑:

"谁知道他是被护送到海底,还是在那之前就被鱼吃了。"

他局促不安地拿起头巾的一角,擦去脸颊上亮晶晶的盐粒——它由泪水、汗水和海水混杂在一起共同凝结而成。

终于在第四天,海面上出现了一座岛,他们立刻朝着岛的方向驶去。船快要到达岛屿时,阿比黛双手抱着儿子从船上一跃而起。她高高地托起儿子,以防他被海水沾湿,然后守着岛上一隅,亲手为他挖出了一座坟墓。她亲吻他的额头三次,试着将他的双手摆放到身体两侧,但是他的手僵硬地环抱在胸前,无法挪动。于是,她将他的尸体遮盖好,送至某处沙丘一旁,起身为儿子做最后的殡礼。

"她知道怎么站殡礼吗?"

"真主会让她知道的,心诚则灵。"

"但据我所知,殡礼是不能跪拜叩首的。"

"听着,真主会告诉她的。"

鲁薇斯街区

一行人眼看着她用泥土埋葬了儿子,并祈求真主让她的心变得坚强。阿比黛在墓前竖起了一块石碑,俯身亲吻石碑三次,然后回到了船上,一直魂不守舍地望着岛屿的方向,直到大海将一切吞没,消失不见。最后,她问他们这座岛叫什么名字。

"没有名字。"

简短的回答后,他们走上了一条漫无尽头的路。

***

学习之余,穆罕默德跑到老师的身后:

"老师……你知道这座岛的名字吗?"

"哪座岛?"

"第三座……我奶奶说你可能知道。"

老师的肩膀颤抖了起来,穆罕默德的眉头垂了下来。

三

  几乎没有人记得鲁薇斯街区最初的位置。

  他的出生之日,也是离开大海之时。

  大海是他最初的温床,鲁薇斯的许多街区和巷子也是在那里孕育而生。

  然而他们并未跟随鲁薇斯的脚步。有一天,他高举着自己和居民的名字,朝东边的平原走去。他赤脚踩在土地上,如果对脚下的土地感到满意,便会留下自己的名字,对同伴们说:"这是你们的家,就住在这里吧。"

  伊本·赛义德区起初在东边,没有人知道给这个

鲁薇斯街区

居民区命名的人——伊本·赛义德——究竟从何而来,仿佛他在一夜之间就建好了房屋;也没有人知道他去了哪里,仅仅一个早上,那里的房屋又消失不见。人们只记得,他每到日落西山时便行色匆匆,跑向绵延至东边的平原,把羊群赶回牧场,追上他疯了的妹妹,赶在黄昏前将她送回家里。不然,狼群会把她当作猎物,在黑暗与饥饿的诱惑下,这些狼会不断接近羊圈。

伊本·赛义德区的居民都时常在早上听到叫喊声,是赛义德那个疯了的妹妹,夜晚来临,她的哥哥在她身后追跑着,双脚扬起的尘土出现在远处。一天早晨,居民们醒来的时候没有听到疯癫的叫喊,晚上也没有看到她哥哥扬起的尘土……

伊本·赛义德在这里留下了姓名,然后又离开了。据说,在伊本·赛义德离开几天后,他们在查看他留下的一个箱子时,发现有鲜血从中不停地渗出。他们说这是羊血,然而阿卜杜·哈米德发誓说,这血闻起来是人的血。他们听闻后惊讶不已,无论是对于箱子里渗出的鲜血,还是对于这位朋友鉴别血液的高超能力……

人们原路返回,任由野狗去舔舐这众说纷纭的鲜

三

血。这些传闻像蜘蛛结网一般散到了各地，一日清晨人们再次醒来时，发现箱子被风卷走了，从此再也没能找到。

经过了先后两代人，箱子的去向依旧没人说得清。但他们都曾听到来历不明的叫喊声，那声音传来的方向正是伊本·赛义德区。

四

来自延布[①]和其他山区的人刚搬到鲁薇斯时,就住在伊本·赛义德区附近,他们将这里命名为"纳兹莱",就如同给过去的家园命名一般。他们让自己和房子远离大海,好能够在似曾相识的、饱含草原气息的微风中休憩……

乡愁压得他们喘不过气,他们开始在纳兹莱寻求庇护,那是一种从血脉中继承下来的东西。他们越是害怕乡愁,就越是依赖它。他们觉得这种东西是独一

[①] 位于吉达北部,系沙特阿拉伯西部的重要港口城市。——译者注

鲁薇斯街区

无二的,不同于其他住在附近的人,几乎只有他们能感觉到它的存在。乡愁能让他们保持原初的自我,而且越是与周围的人亲近,就越能发现和他们的不同。于是,他们开始认为这种与众不同是一种特色,甚至是语调,在鲁薇斯也被分成了两种:

"你听说过赫蒂彻吗?"

"没,她怎么啦?"

"她说话的口音跟鲁薇斯人好像。"

"他们中的一个人把她带走了,从那天开始,她说话就像她丈夫那边的人一样了。"

"我父亲说来自图沃①和达哈班②的人就是这样说话的。"

"我们延布人不是这种口音。"

"真是万幸,我们说话不像他们那样别扭。"

纳兹莱的青年人见到鲁薇斯的同辈人时,他们那装满海鱼的肚子并没能挡住他轻蔑的眼神,这种眼神也曾出现在他们祖辈的脸上。无论是那些拥有枣椰树

---

① 沙特阿拉伯吉达市的一个区。——译者注
② 沙特阿拉伯吉达北部的一个村庄。——译者注

四

园、驼队的人，或是那些梅里斯鱼的猎手，都认为自己高人一等。

其中的一人高声诵诗：

"鲁薇斯人啊，如鲸鲨一般，

男子们的笑意满盈海岸……"

迟疑些许后，他自豪地说起纳兹莱：

"至高无上的纳兹莱啊，愿她幸福永在！"

朋友对他悄悄说了什么，他便开始惶惶不安：

"韵脚乱了……"

阿卜杜·哈米德站在家中墙下阴凉处，笑着整理渔网：

"嘿，贝都因人，要是没有这些鲸鲨，你和你们的人都要饿死了。"

"你真厉害，你是出生在吉达沙姆区的城里人是吗？"

旁边站着的人训斥他说：

"孩子你错了，这些人是你的长辈。"

鲁薇斯街区还未抛弃纳兹莱时，纳兹莱已经在鲁薇斯不远处安家立业，以她自己的名字宣告独立。鲁

鲁薇斯街区

薇斯曾经给过她鲁薇斯的名字,那时候的她还在海底,而鲁薇斯已经是块陆地了。大海和陆地一同将她献给了鲁薇斯,鲁薇斯也因此分为两个部分:上鲁薇斯和下鲁薇斯,两地之间有段距离,如果有人穿行其中,可以看到这样的场景——陆地的人乘驼而来,同时,海上的人驾船而返。

"我看见一艘船出现,慢慢靠近两个鲁薇斯之间;狂风呼啸意志坚,用绳索和胸膛勇往直前。"

他靠向母亲的肩膀问:

"狂风呼啸意志坚是什么意思?"

母亲笑着说:

"所以除了这句,其他你都明白了?"

"我不是每句都明白,只是这句太奇怪了。"

"意思是他在和从也门吹来的风斗争,在抵抗。"

"真好啊,所以从也门吹来的风还能到达这里?"

"不骗你,也门的风正是从这个方向吹来的。"

她的手指向南方:

"这边是也门,这是沙姆,是天房,这是大海……你们从学校学来的那些名字,我们可不知道。"

四

"好吧,用绳索和胸膛勇往直前是什么意思?"

"意思就是使劲抓住帆绳。"

"我没明白……"

"形容的是一个卫士紧紧抓住被风吹起的斗篷。"

"斗篷?"

"我们熟悉了城市以后,斗篷也就是我们所说的长袍。"

母亲将他推开,起身准备礼拜:

"你的父亲是掌握真理的人,他先抵达了清真寺。"

五

异乡人。

每天夜里,船队在吉达的海岸边将水手们卸下,他们已经筋疲力尽,身上挂满了海水与汗水凝结而成的盐粒。吉达颤抖着,对这些水手们身上的盐粒感到厌恶,他们的船上除了猎物什么都没有,这些猎物可以换来少许的米、糖、咖啡和茶叶。他们穿行在吉达的街上,端详着那些高耸的房屋和华丽的阳台:

"但愿我们的那份福气在天堂。"

"坐下喝杯茶?"

"兄弟,我们喝茶的钱够给家里人换顿晚餐了……"

鲁薇斯街区

他们越是靠近，吉达便越是远离他们，这座城市加剧了他们无法掩饰的思乡之情。一群异乡人来到这里，又带着浓烈的乡愁离开了。吉达把他们赶出墙外，就像掸掉地毯上的灰尘一样，然后又关上了他们身后的大门，开始清洗他们在街上遗落下的残余盐粒和疲劳，还有他们的褴褛衣衫。

回到鲁薇斯后，他们每靠近鲁薇斯一步，就好像离自己的内心又近了两步，感受到重新拥有了行走在这块土地上的权利，和呼吸这块土地上空气的权利。

在鲁薇斯，他们生活的区域和吉达之间有一段荒芜之地，居住在那里的只有鬼怪和亡者。他们经常走的一条路正好经过曼卡布，鬼怪在此占据了一处坑洞作为巢穴，这处坑洞是开采吉达建房子用的石材时留下的深坑，深渊巨口能吞下各种鬼怪，其中的一种便是由居民化身而成。

优素福祈求真主保佑，这时他的双脚已经向鬼怪的一处巢穴迈去：

"愿真主让他们待在自己的家里。"

"优素福，人要比鬼可怕的多。"

五

"愿真主保佑我们免遭所有他们的邪恶。"

"你看看这坑,它就是一个洞而已,懂了吗?"

"我明白,这里的坑洞很多都是军用的。战时军队包围了吉达,那是在谢里夫与伊本·萨阿德之战的时候。"

"你还记得阿迪亚特吗?"

"阿迪亚特是谁?"

"阿迪亚特·本·侯赛因,你忘了吗?"

"愿主保佑他,他怎么了?"

"你想起来了?他和阿卜杜勒·加尼还有侯赛因·艾布·耶德在曼卡布发现了战争时期没有爆炸的一枚炸弹,他们打算拆开这枚炸弹,把制造炸弹的铜和铁拆出来卖掉。没想到炸弹爆炸了,炸死了阿迪亚特,炸断了侯赛因·艾布·耶德的一只手,炸飞了阿卜杜勒·加尼右手的三根手指。"

"他们说炸弹是从吉达山顶的废墟里带回来的,不是曼卡布。"

"一会说是山顶的废墟,一会说是曼卡布,天知道呢。"

"他们那是以身试险,去做没人知道的事情。"

"你净说好话,他们要是没有需要也不会去冒险。"

"你说得对,愿仁慈的主保佑我们。"

"他们只不过比我们先走一步,在死亡这条路上人人平等。"

"谁走在我们之前?死了的阿迪亚特吗?侯赛因·艾布·耶德和阿卜杜勒·加尼从那场爆炸事故中存活下来了。"

"没错,但是阿卜杜勒·加尼现在已经死了,他年纪大了,再也不能航行大海,陌生人拿走了他的家具和渔网,还把他赖以维生的东西拿去变卖。"

行至纳兹莱的一处墓地,他们面朝天房的方向,为已故的父亲母亲们念诵"开端章",祈求真主让他们早日相见。

萨利赫小声嘀咕着什么,马赫迪大笑着说:

"你是不是害怕在这荒郊野岭被狼吃掉?"

"我发誓我并不害怕这个,我害怕的是像那些先人一样,死在大海里然后让鲨鱼饱餐一顿。"

"如果我死了,把我埋在我儿子的坟墓旁边。"

五

"你被埋葬在哪里是在你出生之前就注定好的,不需要你立遗嘱,别发神经了。"

"履行遗嘱是义务,而且我是你的兄弟。"

"说到狼,你听说过拉菲·本·优素福的姨妈吗?"

"我听说她失踪了,对吗?但愿她最终能被找到。"

"找到她了,她在一处洼地里被狼吃掉了,就在她女儿家和儿子家之间的一处地方。"

"无能为力,唯凭真主。饥饿让狼群接近房屋,外面一只羊也回不来,也没有多余的羊能喂饱狼了。"

"饥饿是个叛徒,但我是你的兄弟,人们是故意让狼群吃掉几只羊的。"

"饥饿和疼痛总好过死亡。"

他们记得,1919年的一天,那场瘟疫开始肆虐,吉达城像围墙一样将鲁薇斯包围。没有人能从这里出去也没有人进得来,吉达把瘟疫禁锢在这里,死亡接踵而至。每当一批人被埋葬,另一批人就要把房子的门板盖到他们身上,阿卜杜·哈米德掸去手上墓地的尘土,道:

"曼苏尔,最后到底是你埋葬我还是我埋葬你呢?"

"愿真主怜悯我们。"

曼苏尔嘀咕不停,流下的一滴泪水仿佛在嘲笑他的悲哀,两个人谁也没有埋葬对方,因为第二天他们便一起长眠在了坟墓中:

"赞美真主,他们还都活着。除了这对可怜的兄弟,他们死在了同一天……"

"愿二人相伴为邻,无论今生后世。"

六

鲁薇斯。

一个从海洋爬行到陆地的名字。

也有人说是从陆地爬到了海里。

鲁薇斯既是海中水,也是岸边沙。

大海与陆地互换姓名,每当二者玩耍至潮汐涨落时便会交换位置。

鲁薇斯——

海水迈向大地。

大地靠近海水。

大地是泥状时,她会吸满海水。

鲁薇斯街区

烈日把她晒干,她便成了土。

在泥与水之间,太阳往来不息。

来自海岸的人就住在这里,海水的秉性征服了他们,他们组成了鲁薇斯。

距离他们约两公里外的地方,居住着那些臣服于沙子的人。他们来自山谷,山里的泥土构建了他们的身躯,也构建出枣椰树上的椰枣。在海水渗入地底之前,延布港一直延伸到他们所指之处,马萨瓦海岸、萨瓦金、穆罕默德卡瓦伦,还有苏伊士①……

萨洛用拐杖指着说:

"你看见这个罐子了吗?"

她还没有来得及看见那只罐子,她的眼泪因悲伤而哭干后,她眼睛就看不见了。

"愿真主在天堂补偿她重见光明,她有十二个孩子,现在只剩下一个女儿了。"

"他们都是怎么死的?"

"有的是因为天花,有的因为得了麻疹,还有三个

---

① 以上四地均为著名的港口或海岸城市。——译者注

是因为那年的瘟疫，宰比黛是死于产褥热，阿瓦德也失明了。有一次和他的父亲一起出海的时候，黑夜未至，他已经躺在坟墓里了。"

阿瓦德的身体因疼痛蜷缩成一团，对母亲说：

"有人告诉我说，他见到我，绝对不会相信我是个十岁的孩子，但是我感觉我自己的后背就像刺入了一根长矛一样疼。"

母亲倚靠在墙边。

阿瓦德念道："你们同族的使者确已来到你们之中，他不忍心见你们受痛苦。死的时候，他心绪不宁，一直念诵经文直到最后一刻。"

她深呼吸了一口，然后问：

"这是哪章的哪一行经文？"

"我真的不知道。"

"他死的时候，他们告诉我了，对我说他几乎快要念完整本《古兰经》了。"

她再一次用拐杖指着说：

"看到这个罐子了吗？它来自苏伊士，你的爷爷把它带到了这里，是为了和一个叫阿穆娜的美丽女孩结婚用。这个女孩的爸爸是个埃及商人,她在你爷爷之前已经结过婚了,真主保佑她,那时候我们还都是小女孩。"

一位老人对她劝说道:

"女孩们,不要被今世所迷惑。阿穆娜,如果我看到自己洁白的腿,我会说那是造物主独一无二的产物,我会坐在屋子的阳台上,从那里向下撒钱,嘲笑每一个人,不管是老人或是年轻人,他们争抢着收集这些钱,没有抢到的人抬起头来,恳求我再撒一些。"

阿穆娜擦去额头上的汗水,祈求真主的宽恕:

"我的儿子死的时候,要用丝绸把他裹起来。"

萨阿黛笑着说:

"奶奶,看来你是在浪费爷爷法赞的钱。"

"你的爷爷法赞和我并没有孩子,我用丝绸裹着的大儿子是苏伊士的何塞·奥兰尼。"

法赞的钱消失了,这让他的继承人们感到困惑和惋惜。延布的枣椰园重新有水源这件事曾让法赞失望不已,他在鲁薇斯找到了一处称心如意的地方住了下来,把枣椰园一座一座卖掉,又买了一台尼桑车停在鲁薇斯的街道上。没有人知道他卖掉剩下的枣椰树还能有多少钱,也没有人敢问。临终时,他的子孙们在身旁围绕,咽气之前他指向了自己家中的院子:

"七个罐子……七……"

子孙们在他死后,将那块地挖开了七次,一无所获。每次挖开只有不断增多的蜣螂,他指向的地方没有任何建筑,只有火灾烧毁剩下的残骸,连只牲口都没有。

于是他们向一位摩洛哥的占卜师求助,占卜师让他们给他带来一个奴隶,一个年轻的小伙子——

"要长大的小伙子,但是不能成年。"

他在小伙子的额头抹上了油,对他嘀咕着说了些咒语:

"闭上眼睛。"

占卜师又在这位年轻小伙子的眼皮上摸了一下,小声说了些周围人不明所以的话。小伙子倏地睁开了双眼,两只眼睛翻白,像是没有瞳孔一般。占卜师又嘀咕了句什么,然后重新给小伙子的额头抹上油,他的两只眼睛的眼白泛起血丝,口吐白沫:

"你看见什么了?"

"七个罐子。"

"里面装的是什么?"

"金币。"

"还有呢?"

"罐子上有守护神。"

"他们要什么?"

"鲜血。"

占卜师摇了摇小伙子的肩膀,他醒了过来。占卜师说:

"妖精把你们的罐子藏了起来。"

"那怎么办?"

"满足妖精的要求。"

"妖精要什么?"

"鲜血,你们没听到那孩子说的吗?"

"鲜血?"

"你们要给妖精们献祭一个奴隶。"

他看向小伙子的方向,但他已经逃跑了,额头上的油也被他擦掉了。

六

"这个孩子的寿命……"

小伙子跑着跑着晕了过去,他们用水泼在他身上:"真主与你我同在。"

小伙子清醒了过来,但他们尚未从梦里醒过来,梦里的妖精松开手中的罐子,将遗失的财产物归原主。

生计无门、难以糊口时,他们便从与之相依为命的海岸和山谷相伴出发,两个地方的人并非要把对方抛下或者敬而远之,而是有福同享,有难同当。

富裕时期,只要他们出海或者种地,就会相互扶持。无论是糊口的吃食、额前的汗水,还是无数不眠之夜的相谈甚欢,他们都一同分享。宽裕时他们的财富大多继承自父辈和祖父辈,也有一小部分人即便在困难时期也毫不吝啬,成为共患难的真心伙伴。

"你怎么买到他的?"

众人问阿卜杜·穆阿提,他带着一个小伙子从市集上回来,穆阿提甚至快养不活自己的孩子了。

"真的是运气。"

"运气?"

"我拿着一袋种子去了市集,没见到有人买,然后就往回走，遇到一个男人带着这个男孩，于是我给他看了看这袋种子，他说他除了这个奴隶之外一无所有，我就把种子给了他，换来这个男孩。"

"你没能喂饱家里人，还要多养一个孩子？"

"真主会让我们吃饱喝足。"

"你到底在哪里弄到这袋种子的？"

"从巴布拉那里。"

"打算给他起什么名字？"

"法拉吉，意思是愿真主替我们消灾解难。"

于是，鲁薇斯结识了一个新少年，法拉吉。人们还给法拉吉起了个外号，叫便宜货。法拉吉每次听到他们这样开玩笑地称呼他，就笑得停不下来，人们时不时提醒他，他是用一袋种子换来的。

人们用这些奴隶来吹嘘自己，就像夸耀自己的孩子或者枣椰树和船的数量一样，给奴隶起的名字都有吉祥的寓意：

"穆巴拉克、马布鲁克、阿卜杜·哈伊里、哈伊拉……"，女的就可以叫："玛布露卡、姆巴丽卡、斯勒瓦……"他们将这些人的名字和部落名字联系起来，

六

为的是巩固财产和宗族势力。

人们将这些人称为奴隶，奴隶们除了自己人之外并不在意其他人。年长年幼的奴隶都有专门的住处，他们之间并不会相互排斥，反而会有一种密不可分的归属感和宗族关系。即便有人释放奴隶或者女奴，也不会改变他们之间的任何关系，忠诚、归属感，还有宗族会继续留存下来，维系着他们的关系。奴隶制似乎不是要挣脱的枷锁或者肩上的重担，奴隶制和自由制于他们而言的意义是等同的。奴隶主和奴隶之间两种截然不同的生活，却也将子孙后代的命运连在了一起。

据说，英国领事馆的人拦下了两个黑人小伙子，萨阿德和穆巴拉克，那时他们正兴致勃勃地打算进入吉达的集市。

"你是奴隶还是自由身？"

"自由身。"

萨阿德不假思索地说了出来，并没有思考在他这样回答后，领事馆的人会对他做什么。穆巴拉克瞧了瞧自己的手和黑色皮肤，那时候奴隶这个概念仅限于黑色皮肤的人。

穆巴拉克考虑了一会，又看了看自己的手，然后伸手到英国领事馆来人的面前，仿佛在向他说，你看不到我的皮肤颜色吗？

"奴隶。"

萨阿德回到了鲁薇斯的家中，但穆巴拉克回去的时候已是十年后了。余下的时光里，他都在和人们讲述那些故事，基督徒们是如何审问他，然后把他送到全是黑人的国家，那里没有人认识他，他也一个人都不认识，成了一个异乡人。当他听说有去朝拜的队伍时便跟了上去，这才回到了家人身边。

"我不晓得这些基督徒是怎么区分我和你们的，他们不知道你们才是我的家乡人，看见我是黑人就说要把我送到黑人的国家，但是我根本就不知道怎么和那些人生活。"

"穆巴拉克，你是我们的一员，你看我们都是真主的奴仆。"

"你们还记得阿卜杜·哈伊里吗？"

"真主保佑他。"

六

"他死了?"

"几年前的事了。"

"真主保佑他,我记得他,我就在那……那些人和他的下场一样。"

他笑着说:

"用他来吓唬我们,清醒点吧,否则我们把阿卜杜·哈伊里叫来,把你吃了!"

***

看到他的瞬间,你会觉得这个人是刚刚从一片丛林里走出来的——

或者他正打算进去。

站着的时候,他的身体会向前倾;

走路的时候会更明显。

他说话的声音似簌簌风声穿过树林。

黑色的瀑布,

鲁薇斯街区

在他的双眸后流淌,
阿卜杜·哈伊里是一个战俘,
没人知道他的名字从何而来,
他自己也不知道。
赐名之人选择让他成为一个有福的奴隶,
好像呼唤他的名字是在呼唤他身上并不存在的福气。
如果换了主人,名字也要随之改变。
名字的变换很随意,
甚至最后,没有一个人知道他出生时的姓名,
也不知道他临终之际的名字。
阿卜杜·哈伊里……
他不记得家人给他取的名字;
但他记得,曾经有一段时间他被叫做穆巴拉克,
另一段时间他又叫马布鲁克,
现在的名字叫阿卜杜·哈伊里。
这就是他全部的记忆了……
但他也不记得他们这群战俘是从哪里来的。
阿卜杜·哈伊里,他出生在非洲中部,他黑色的面

庞在烈日下闪耀着光泽。

他回想起：

在被卖掉之前，他们会在奴隶的身体上抹油。

他的嘴边断断续续地说着阿拉伯语。

乡亲们议论纷纷，用手指点、用目光扫视，还有各种言语和接连不断发出的吵闹声……

加之突如其来的剧烈摇晃。

阿卜杜·哈伊里……

被四周火焰吞噬后剩下的树枝，

燃烧的木棍，

风卷走枣椰树的叶片，

扔到了鲁薇斯的海岸。

七十年，

也有人说是八十年，

他讲述着未讲述过的，

奴隶时代，

那个他可以自由选择做谁的奴隶的时代。

逃离了奴隶制，只不过是走向另一个奴隶制的开始，

鲁薇斯街区

一切只是一场改名换姓的游戏罢了。
每一个名字都是拥有奴隶的凭证,
没有其他人能占为己有。
阿卜杜·哈伊里是一个无人认领的战俘,
有一天晚上,他来到鲁薇斯的海边,
像是一块沉船上的木板,
带着他一辈子的积蓄,
为被黑色笼罩的国家而哭泣。
还有那片不知名土地上的森林,
一名儿童在采集收成,
儿童的父亲和一位男人一同分享收获成果。
那个男人是他们的主人,也是一位牧师。
他说:
"在我的国家,人们并不知道真主。
人们信仰树,
信仰石头,
信仰他们的牧师,
他们的主人。
他们给牧师分享收成,

六

如果他还不满足,那就与之分享他们的孩子。"
遇到荒年,
这个孩子就成了牧师的那份收成。
阿卜杜·哈伊里想起有一天他被绑起来带走,
他们抓走了他身后哭泣的母亲,
父亲躲在一棵树的树枝后面,
兄弟们惊恐地喊叫着……
在士兵和枪手的围困中,
这个孩子与另一群孩子相遇了。
他们在那些士兵的围困中度过了数周,
直到被一条绳子紧紧绑了起来,
士兵带领他们跟着长长的队伍穿过几片树林。
如果跌倒了,身后的人就会用鞭子抽打他们的后背。
有一天,一个孩子奄奄一息,走不动了,
他们解开了束缚孩子的绳索,
将他扔给照看他的人,
一队人行至远处后,
听到了身后斧头劈砍的声音,

还有被捂住了的喊叫声。
野兽蠢蠢欲动,盘踞在孩子尸体的周围。
士兵们在夜晚的树林中巡夜多日,
直到行至海边。
阿卜杜·哈伊里的身体开始发抖,
他回想起第一次见到白人时的惊恐。
他说:
"起初我以为他是一个被剥了皮的人,
他不惧怕身后队伍中传出的惨叫声,
不畏惧士兵们在路上看到的尸首,
亦不害怕眼露凶光的野兽。"
林中的黑夜紧随其后,
他无所畏惧,就像阿卜杜·哈伊里也没有被"剥皮人"吓到。
剥皮人会走路,
剥皮人会说话,
剥皮人下达指令,
带领一行人来到"海边"。
其实,那是一条看不见岸边的大河,

六

"大海"默许了这些被当作祭品的孩子横渡而过,
岸对面是等待着他们的许多"剥皮人"。
他们在孩子们之间商议着,
仔细打量着他们,
阿卜杜·哈伊里活像一根烧焦的木棍,
每当他在茅屋下讲述这些故事,他就烧得愈发焦黑。
随后艰难起身,
身体向前倾倒,
似乎两只手快要触到他的双脚,
双脚间映出一个孩子的恐惧,
担心自己可千万不要倒下……

***

萨阿德拉笑着说:
"阿卜杜·哈伊里,这些岁月并没有改变你什么。"

然后，萨阿德拉回头对周围的人确信地说：

"我们国家有所不同，生活着穆斯林们和众多部落，就像我们和你们一样。从前我的父亲是部落首领，有一天我骑马从部落的家中出发狩猎时，突然有十几个男人从四面八方把我围起来。除了领头的白人之外，他们其余的都是黑人。我和他们激烈地厮杀，其中一人用箭射中了我的一只眼睛。"

萨阿德拉指了指自己被挖掉的眼睛：

"我的眼球滑落到了脸颊上，但是我没有接住它。那些人杀了我的马，等我跌落在地的时候用绳子把我绑了起来，然后关进笼子，到处搬来搬去……"

萨阿德拉正说着却戛然而止，其他人也没有问接下来他的故事是如何发展的，每次说到这里他就会沉默不语。他想让周围的每个人都知道故事开头的精彩，但却不想让别人知道自己被关进笼子的心碎结尾。

他们将自己被贫穷和饥饿摧残的身体和萨阿德拉作比较，问哈马德：

"你给萨阿德拉都吃些什么？"

他对这些人的问题感到厌烦：

六

"各位,敬念真主,祝福先知。你们吃的比他多,吃得也比他好,但是真主祝福他,让他能够吃饱饭。"

"你们看他是吃油和蜂蜜长大的,骨骼粗壮,另外他也不是远方来的,而是他说的那些老人们的儿子。"

"我真的不知道,但是你觉得他那里的人和我们这里的一样吗?"

"为什么不一样,我听说他那边的部落、习俗,和传统都和我们没有差别。愿真主保佑你有个那样的儿子,哈马德。"

"真主保佑,真主会保佑他的信徒,知晓我所需的一切。"

哈马德还记得他贝都因的生活,在雨水消失、井水干涸和庄稼枯萎之前的那些日子:

"你们知道吗,真主并没有在我年轻的时候赐予我孩子,我是在岁数大了之后才有的穆罕默德。所以只要他不在我的视线内我就会焦躁不安,他的叔叔还想把他据为己有,现世没有安全可言。我说我要买一个属于自己的奴隶,一个并非奴隶的奴隶,一个来自山里的奴隶,一个自己的兄弟,在危难时刻能站在我

鲁薇斯街区

和儿子的身边的奴隶,人们建议我去麦加看看。于是我赶在拍卖开始之前来到了奴隶市场,他们正在展示奴隶,有年轻的也有年迈的,瘦的和胖的,高的矮的,各种身形和肤色,我看到了萨阿德拉,一个壮硕的孩子。于是我对自己说,这孩子就是我想要的奴隶的样子,然而又担心他只是空有一副躯体没有心,于是我说要考验考验他。我看到他那只瞎了的眼睛,就把脸凑近他的脸,朝他那只瞎了的眼睛吐口水。做这种事也是我自己的极限了。在我的口水吐到他眼睛上之前,他就用手掌给了我一个耳光。我还没反应过来,人们就用水泼醒了我,然后责骂我对他做的事,对我说要不是他们跟上来制止,他会杀了我的。奴隶拍卖开始的时候,我不断加价直到这笔买卖十拿九稳,但是萨阿德拉看到买家是我,大喊着说:'真主保佑我,你们也帮帮我吧,你们知道我和他之间发生的事,想把我卖给他除非宰了我!'但是我向萨阿德拉保证,向真主发誓,如果不是他打了我,哪怕他只卖一块钱我也不会买的。"

从此,只有死亡才能分开哈马德和萨阿德拉,他

六

对正在准备挖掘墓地的众人说：

"各位，我不想让他离我很远。"

"哈马德，为先知祈福吧。"

几个年轻人窃窃私语：

"真是个老糊涂。"

哈马德让他们把自己埋在家的附近，但是众人都试着劝他死后埋葬在鲁薇斯的公墓里，然而他还是固执己见。一年后，他躺在床上，临死之际对众人托付遗愿：

"要是我死了，把我埋在萨阿德拉身边，这就是我的遗愿，请求你们在复活日①完成它。"

从那时候开始，两座墓地周围的坟墓日渐增多，鲁薇斯的人们死后被分配至这两处公墓之间，其中一处是老墓地，还有一处是哈马德的墓地，紧挨着他们的家。

---

① 伊斯兰节日，又称"复生日"。——译者注

七

法赞的目光望向家中院子的角落,那里堆积着剩下的枣椰树枝,然后他双目紧闭。

一日,他将剩余的这些枣椰树枝装在骆驼上,从延布的苏威卡①出发一直骑到了鲁薇斯,周围的人笑他:

"法赞,你到底要做什么?"

"和你们没关系。"

说完他便笑了,接着靠近树枝,用手轻抚后,抬

---

① 苏威卡,沙特麦地那的一个地区。——译者注

到自己的鼻子前：

"你们知道吗，这树枝上还残存着我家人的气息。"

"但是如果你拿着你祖父母给你的椰枣核，然后种在那边，岂不是更好更实用。"

他把手伸进兜里，掏出一个小袋子：

"这就是那枣核，但是产自其他的树。"

法赞不停地回忆起那天他牵着祖母的手，漫步在枣椰树林，直到法赞让祖母停下，停在一排枣椰树的第七棵树下。这些树朝着泉眼的方向生长，一直到安卡维的外面。那时候法赞祖母的眼睛已经瞎了，她将手放在树上问他：

"这颗树是给你的，这是我的遗愿，也是活人给活人的礼物。等我死了的那天，你看见这棵树就会想起我，然后给我念'开端章'……听到了吗？"

一天，他看见那颗树上出现一块块枯萎的痕迹，似乎像是他那去世了四十年的祖母身体的一部分，而她又再一次一点点枯萎死去。树枝掉落的那天，他哭了，但只是因为害怕周围因枣椰树之死而哭泣的人责骂他才哭的，这些人也不知道他因何哭泣。他们埋好树枝，站在坟墓前念诵"开端章",只有他选择将树枝带回家,每次经过便驻足一会,念诵"开端章"。

法赞合上双眼,开始梦见许多地方,安卡维、阿拉克米亚、哈伊夫侯赛因、艾因阿里、穆塞利姆区和苏威卡,梦见在伸出手前就递给他的那渴望许久的椰枣,梦见女孩们在开斋节早上往自己引以为傲的手上画满海娜花纹,还梦到曾经有着涓涓流水的泉眼,现在也在逐个干涸,每一眼泉水的干涸都伴随着数不尽眼泪的掉落。

他打了个盹,看见一片枣椰林从天而降,凤仙花漫步在原野之上,酸枣树正在为行人遮荫,还有柠檬树、薄荷、玫瑰苗,和豆苗……天堂正围绕着这片土地,他的的确确看见了,醒来的时候法赞不顾一切地向北边走去,消失了三天。人们不知道他去哪里了,他也杳无音讯。当他终于回来的时候,他宣布自己买了一块地:

"你买了块地?有人会买地吗?"

"你买来做什么呢?"

"你家那么大还不够你住吗?哪怕你把你家周围的

鲁薇斯街区

地再往外扩大一点,你也不需要再买啊。"

"我买了很大的一块地,大的像个国家。"

他指向北边:

"从去朝拜的路开始直到卡哈兹的射石地。"

"谢里夫·阿莱维那块地?"

"对,我就是从他那里买的。"

"他卖给你没涨价吗?"

"你用多少钱买的?"

"一捆钱,我也不知道多少。"

法赞难以说出购买土地的价格,就像他难以接受这块地可以被买卖一样。每次问起他,他就指着那捆他也不知道多少的钱,如果再问,他就佯装努力在回忆,然后拍拍额头:

"忘记了。"

没过几年,鲁薇斯就认识了"尼斯扬"[①],她是属于延布的一块土地,一片充斥着思念的土地,延伸至北部的平原。她从朝拜路开始,直到快要没入卡哈兹

---

① 阿拉伯语音译,意为"遗忘之地"。——译者注

七

海边的水里,对自己的椰枣树和酸枣树自豪不已,还有陆地、水源和天空,甚至鲁薇斯的人们也引以为傲。如果想吃新鲜的熟椰枣,这里就有的吃,当水源足够灌溉庄稼时,这里就是人们的饮水之地。

据说"尼斯扬"有七口井,每当人们听到水从井里满溢而出的好消息时,就会挖一口新的井,直到枣椰树林周围足足挖了有七口井。枣椰园的主人派了一名看守人看护村民和庄稼赖以维生的井水,但其中一口井例外,枣椰园主提醒他除了陌生人外,不要让任何人去那口井取水。人们说伊本·萨比勒没有把水桶扔进那口井,只是井里溢出了水,他的水桶便装满了,如果不这么做,这些水就会渗入土里。

尼斯扬的西边生长着一棵酸枣树,它的叶子可以治愈人们的疾病。人们说曾有个走投无路的摩洛哥哈吉[①]在树下祈祷,并在树下住了下来,很多年都未曾离开这里。他的双眼只盯着正向,绝不停止礼拜,直到死亡降临。

[①] 哈吉,阿拉伯语音译,指曾经去麦加朝觐的穆斯林,也是一种尊称。——译者注

鲁薇斯街区

据说还有个女人在树下祈祷,除了她的名字之外,人们对她一无所知。她时不时坐在树下,不知她从何而来,也不知她要去往何处。有一天人们发现她死了,手里紧握着不知什么东西,人们就把她埋在离酸枣树不远的地方。此后人们时常去赫蒂彻的墓前向她问好,每次经过都会为她念诵"开端章"。之后这座墓消失了,人们没法确定它的准确位置,于是纷纷忏悔自己的双脚踩踏其上,只要有人走到靠近那棵树的位置,便会向真主祈求饶恕。除了不得已需要酸枣树叶子的时候才会靠近那棵树之外,人们不会在那棵树的周围停留。人们会将酸枣树叶子浸泡在水里,让病人喝下,或者用浸泡酸枣树叶子的水洗澡,病人也许就能恢复健康。

传说那棵树是尼斯扬西边的第一棵酸枣树,它最先结出了枣,然后其他的酸枣树才逐渐结果。据说这棵树现在还在那里。但不久前,另一棵树孤零零地出现了,就在西边的卡哈兹和东边去朝觐的路之间的平原上。

吉达关上了她的六扇大门,藏身城墙之后,并向这层层包围屈服。往返于吉达和鲁薇斯间的路被切断,

七

那里不再有集市,鲁薇斯的猎人们曾经在那集市上售卖渔猎,也不再有售卖大米、砂糖,和茶叶的店铺。而茶叶是人们感到苦闷无处可诉时的最佳伙伴:

"一杯茶可诉愁肠,可爱羚羊与我吵嚷;

坐地悲哭热天气,唯有此茶可消我愁。"

已经没有什么能够重燃他们心中的爱了,只有在他们的诗中才有炽热的爱。但眼下他们没有炽热的爱,只有炽热的战争,战时的夜晚并没有黎明即将到来的迹象:

"各位,我们要是这样下去的话都要挨饿了。"

"不只要挨饿,还有对军队的恐惧,他们已经到了曼卡布,离我们没多远了……"

"那怎么办?"

"我们逃离鲁薇斯吧。"

鲁薇斯的人们在这片土地上四散逃跑,一些人躲到了墙后;一些人启程去往海边,散落在众多岛屿上;一些人一直逃到了也门;还有一些人则回到了原来生活的村子里。

吉达屈服了的时候,围困也解除了,吉达和鲁薇

鲁薇斯街区

斯之间的路又恢复了畅通。市集也重新营业,准备迎接猎人和商铺的归来,开始售卖大米、砂糖、茶叶,和咖啡。那些从鲁薇斯离开的人也回来了,重建了他们被摧毁的房屋。他们回想起这些年漂泊无依的日子——在吉达的小巷、荒无人烟的村庄、海上岛屿还有也门的海岸,不禁感叹:

"图沃的人们昨天回来了。"

"愿真主赐予他们坚忍并给予他们补偿,因为他们之中的很多人在战争中死去了。"

"可怜的人们,他们带着全家人和全部家当去了图沃对面的海岛上,东风刮起的时候,岛屿和陆地之间的海水被吹干,军队袭击了他们,并杀了他们中的许多人。"

阿里肩膀上扛着一天下来的收获往回走,他什么都没卖出去,阿卜杜·拉西姆凑近他说:

"你到家之前东西就会烂掉。"

"烂了我宁可扔给野狗吃,也不卖给那些卑鄙小人。"

"那些人有什么错,他们什么也没说,你才是被魔

七

鬼上身的那个，鱼死了你就开始喊，我不是卖鱼的！我不是卖鱼的！"

"这位先生，当我看到他的时候我就会想起我们在吉达的时候他们对我们做的事情，我发誓我想生吞了他们。"

"也不是所有人都如此，别连好人也都一棒子打死了，他们之中还是有些人给我们送来自己家人做的食物的。"

"送来的都是残羹剩饭。"

"不要忘恩负义，那些都是真主的恩赐，我们都很开心能吃上饭，要赞美真主驱使他们为我们做这些。"

"愿全能的主饶恕，但是你记得我们在市场见到的那几个人，他们对我们做了什么吗？"

"就是那个问你猎物多少钱的那个白人？"

"对，想起来了吗？"

"我想起来你忘记的那件事了。"

"我发誓我没忘记那晚，那个人把房子阳台上的垃圾扔向我们，这个卑鄙小人根本不知道我们的处境。"

"但愿那些日子不要再来一遍。"

鲁薇斯街区

"我们的妻子和家人躲在床单下,躲避烈日炎热、蚊虫叮咬,和身上难以愈合的疗疮。"

"这位先生,别再抱怨了。生活艰难,又时值战争,吉达已经自顾不暇了,周围的所有人都进入了吉达,那之后的事你也清楚,他羞辱我们,要不是他我们也不会连夜出逃去也门。"

"先生,我们没到也门,最远到了昆富达① 和哈利②,真正到了也门的是卡迈勒和他的人。"

"对,你提醒我了,卡迈勒他没回来,他还好吗?"

"他没什么变化,挺好的,据说他和也门女人结婚了,还当大官了。"

"意思是他不回来了?"

"这我真不知道。"

"对于男人而言,最重要的莫过于信仰和家人。"

"先生,无论他身在何处,都要让他轻松自在,要是卡迈勒来到这里见到我们所见的一切,会痛心而死的。"

---

① 沙特麦加省的一个城市。——译者注
② 昆富达市的一个地区。——译者注

七

"是的,见到那些房屋的门,和被偷走的天花板,他一定会痛心的。"

"我们这里的情况已经比下鲁薇斯那里好多了,那里被偷走的房门、窗户,和天花板更多,很多房子的墙壁和地基都已经被海水侵蚀掉了。"

"你听说了吗,他们打算离开那儿。"

"去哪?"

"不远,离海边稍微有点儿距离的地方。"

八

鲁薇斯街区的人们离开了鲁薇斯,抛弃了这里,他们那时候尚未找到容身之所,只能抛下那被海水不断侵蚀、饱受战争摧残的家园。乌鸦又重新盘旋在鲁薇斯废墟的天空上啼叫,海水一点点抹去了曾经的记忆,那里满是悲伤、快乐、坚毅、焦虑、死亡和生命。

人们离开了鲁薇斯,那里只剩下一座清真寺,那些年事已高的人依旧在清真寺的四周游荡,他们约定绝不会离开这里,而这清真寺正是由这些年事已高的人建造而成的。在活人为死者祝祷的念诵声里,墓前站立的人心中埋藏的思念清晰可辨,很难不听见他的

鲁薇斯街区

声声叹息。悼念死者的礼拜声依然响彻天际,故去的人被大海吞没,波涛间似乎寻不到他们的身影。

人们离开了鲁薇斯,留下的只有一座坟墓,那是哈马德的坟墓,他们向先行一步入土为安的父辈祖父辈们承诺,日后一定会相见,他们不会背弃自己许下的誓言。

乡愁对于他们而言比死亡更加残酷。他们闭上双眼的那天,最怕被埋葬之时看不到自己的父亲赶来身边,也见不到日夜思念的孩子……

坟墓像是一条纽带,一条他们无法切断的、和先人血脉相连的纽带。作为一个陌生人,埋葬在没有血缘关系的人的坟墓里,他们不认得那里先前去世的人究竟是谁,先前去世的人也不知道埋葬进来的陌生人们姓甚名谁。

他们依然没有离开哈马德的坟墓,那里的死者们似乎还活着。因为每当准备挖一座新坟,就会发现一座老坟。于是他们向老坟的墓主人问好并道歉,重新给予逝者安宁,或者将他埋回坟墓里,并向墓主人介绍旁边坟墓里新埋葬的邻居。

八

"你知道昨天他们挖出什么了吗?"

阿卜杜·阿齐兹问他旁边的人,这两个人经常一起做昏礼,旁边的人准备好了听他讲述时,阿卜杜·阿齐兹正打算告诉他这事:

"挖出来什么了?"

"艾布·哈里里的女儿下葬的时候你没去吗?"

"我发誓没去,我只知道他们从墓地回来之后的事,可以告诉我挖到什么了吧?"

"挖着挖着,出来具尸体。"

"万物非主,唯有真主,怎么挖出了这么多具坟墓里的尸体。"

"挖出来的尸体被他们扔了,抛到了一旁。但是昨天他们发现这具尸体像是刚埋的一样。"

"这有什么不一样吗?"

"先生,就像刚埋进土里的一样,裹尸布上还有海水的印渍。"

"这具尸体是谁?你们认识吗?"

"阿卜杜·穆阿提刚才和我们在一起,他说那是哈米德·本·艾哈迈德的尸体。"

"哈米德·本·艾哈迈德是谁？"

"一个早就死在我们前面了的人，穆阿提说这个人已经死了四十年了，在土耳其战争的时候死的。"

"万物非主，唯有真主。"

"说是他们建造清真寺的时候，搞不清天房的方向，哈米德·本·艾哈迈德拿来了一个巴布尔星盘，这才确认了方向。"

"你说的对，我听说过这种星盘。"

"没错，而且据说他能背诵《古兰经》。"

"天哪，背诵《古兰经》的哈菲兹是禁止吃虫子的。"

鲁薇斯的人们离开了鲁薇斯，但他们却没有离开哈马德的坟墓。无论他们年事已高或者是寿数将尽，鲁薇斯永远是他们今生后世的家，承继自父辈们的伤心故土，哀伤的旗帜插遍了这里的每一寸土地，每个角落都变成死者的居所。

"此处埋葬着亡故于瘟疫之年的马斯欧迪和他的四位家人。"

"还有这里是萨勒玛的墓，她死在了新婚之夜。"

"这是阿提亚的墓。"

八

……

人们记得那是阿提亚结束晨礼出来的时候,八十岁的他倚靠在拐杖上,两个争吵得面红耳赤的人挡住了他的去路,魔鬼在两人之间挑拨离间,走到两人中间,怂恿其中一个人捅死了另一个。

"小穆罕默德失踪了,像是溶解在了大海里,不知道流淌到哪里去了。穆罕默德是阿提亚的儿子,他从来没离开过生活的地方。七年后,阿提亚在一次晨礼结束回家后,看到一个蒙面的男人坐在自家的门槛上,男人解开面巾,正是失踪的小穆罕默德,那个曾经捅了自己父亲一刀的人。父亲对他说:'你想杀了你爸爸,那就杀吧,要是你想让真主免除你的奖赏的话。'阿提亚的儿子穆罕默德进入家中,然后把穆萨叫来了,穆萨给他剃了头后,大家对他说:'以全能的真主之名,给予你自由。'"

他们一直守着哈马德的坟墓没有离开,直到海水浸入到了墓地的那天。他们每向地底多挖一寸,映入眼中的都是闪烁着盐粒的海水,于是他们向坟墓里死去的祖祖辈辈告别,请求他们原谅,然后继续给带来的尸体找新的坟墓。

　　如同离开哈马德的坟墓那样，他们离开了清真寺，那个曾经他们风雨无阻地做礼拜的地方。眼下只剩高处的窑殿和它依附着的墙壁耸立在那里，如果有人打算推倒这面墙，窑殿就会死死撑住它。海水正在朝着清真寺的方向涌过来，这让他们不得不尽早离开。因为即使是站着礼拜，礼拜者们的脚下便会闪烁着海水琉璃般的光泽，若是他们跪拜后起身，额头上就会挂满莹亮的海水珠子。有一天，他们在礼拜的时候，突然窑殿不见了，墙壁也消失了，他们在悲痛中完成了礼拜，然后抛弃这些被泪水沾染的礼拜位，最后一次动身离开了老鲁薇斯街区。

　　这群人找到了新的居所，这是一个能够逃离海水威胁的地方。但他们依旧渴望听见站在岸边时耳旁隐约浮现的海浪声，看见那黄昏时刻沐浴在海水中的夕阳。

　　鲁薇斯熟悉了"柏哈拉"，一个他们逃离了大海后定居的地方，就像曾经认识的"纳兹莱"一样。老贝都因人和农民一起居住在这里，柏哈拉和纳兹莱的房

八

屋不断增多，和鲁薇斯居民区之间的空地被这些房屋填满，那些村里人、海边人、贝都因人都作为居民住在这里，不分你我。

九

像这样,我们是鲁薇斯街区的孩子。

我们用石头、泥土、木头、干草,和这些故事建造我们的家园。

每块石头的缝隙里都隐藏着一个故事,

每家每户之间都流传着一个故事,

生存的故事,

死亡的故事,

还有辗转于死生之间的故事。

死亡成了生存的一个分身,没有人了解生与死有何不同,无论色泽、香气,还是味道,人们都无法分辨。

鲁薇斯街区

这里的墙壁是故事,
门槛也是故事,
房顶、大门、窗户……
故事就挂在墙上,
从天花板垂下。
有的故事背靠大海,另一些则跑到了东边的平原,将衣服上的灰尘掸去。
我们父辈的故事是祖父辈们写下的,
我们的故事是父辈们写下的,
我们讲述这些故事是为了得到"永生",
为了续写他死后的生活。
我们讲述这些故事同样也是为了死去,当死亡降临的时候,能如我们所愿。
人类、精灵、天使,和魔鬼交织成千丝万缕。
还有海岸、岛屿、暗礁、山谷、椰枣树、酸枣树,和羊角蕉……
生存的方式有一千种,
通向死亡的路何尝不是。

十

不过几十年的寿命,他已过了近七十载,但每晚合眼入睡时仍无法释怀那段经历——梦中一群人用白布将他裹好,送到墓地后将他活埋:

"天哪,我还醒着呢,就感到肺里满是泥土。"

他还记得五岁那年,人们埋葬他那位永远长眠的母亲的场景。记得他们在母亲家周围乱成一团,他的姐姐说:"她已经死了。"舅舅悲痛欲绝,然而当他靠近母亲后,并没有见到有血迹,母亲只是紧闭双目,然后他亲眼目睹人们将熟睡的母亲埋葬。

他沉浸在大笑里无法自拔,直到岁月流逝,嘴里

鲁薇斯街区

只剩下两颗臼齿时,他道:

"我在她之前见到了父亲,愿真主怜悯。有一天他们打仗回来,我看见父亲被一把剑刺中,鲜血从身旁缓缓淌下来。然后大家说他死了,把他埋了吧。我之前看见过他们宰羊,但不流一滴血的死法,我从未见过。"

他这种大笑起初很可能是哭泣,但是随着时间流逝慢慢与笑声接近,他记得那些年里他一直抗拒睡觉,因为担心一合上眼就会被这些人活埋。

十一

  他跌坐在家中的门槛上,外衣卷起来的肠子散落出来,妻子尖叫着,不让两个孩子看到这个场景。临海的村子里负责传消息的人呼喊着,说是易卜拉欣的儿子把村长杀了。

  人们还没有问易卜拉欣的儿子和村长之间到底发生了什么,他迅速拿起匕首想要从船上逃跑,就在他用匕首捅村长的时候,大家把他制服了,然后像宰羊那样杀了他。等到大家回过身,发现村长已经自己走到了家门口,他的肠子散落一地,村长的妻子一只手捡起他掉落在外的肠子,另一只手把两个孩子推走,远离父亲流出的鲜血。

　　没有人知道易卜拉欣的儿子为什么要杀村长,他们说他是从一伙人里跑出来的,这些人对村长恨之入骨,觉得自己更适合担任他村长的位置。于是怂恿易卜拉欣的儿子,然后这位求婚者来到村里:"村长的血就是我女儿们的聘礼。"

　　他们记得村长的遗孀,她因为两个孩子的缘故是多么开心,待婚期[①]后的一个晚上,她跟上了前往吉达的驼队,在离驼队不近又不远的地方迷了路。于是,队伍里的人把她送回到原来的地方。突然她看到了鲁薇斯的居民区,觉得那就是自己向往的地方,然后脱离驼队前往鲁薇斯,仿佛那里才是她的家,鲁薇斯人才是她的家人。

　　"现在的孩子真是不听话,什么时候他们才能懂事?"

　　他说的是自己还不到六岁的儿子,他右手放下咖啡壶,然后用左手拿起它,为了腾出右手,把咖啡杯

[①] 通常为四个月零十天。——译者注

十一

递给客人。客人想要缓解这尴尬的场面,说:

"先生,左手拿咖啡壶对你来说太沉了。"

"我像他那么大的时候,要是用左手递杯子,我的父亲,真主保佑他,会大喊:'放下杯子和咖啡壶!'我就会放下。然后他对我说:'把手给我。'我就把右手给他。他又说把那只递杯子给客人的左手给我,我就又把左手递给他。没想到他居然把我的左手伸到了火炭里,家中的客人对父亲说:'萨阿德,这样会烧坏这孩子的手。'他说:'你把他的左手烧坏,以后就不能拿杯子递给你了。'"

孩子向坐在对面的男人伸出了手,掌心被咖啡炉烧伤留下的伤疤过了五十年依然没有消失。

十二

日落西山,渔船四周布好的鱼钩上一无所获,他背靠在桅杆上,开始唱:

"海中珍宝叮当响,琳琅宫殿在海上。"

他试图回忆起后边的几行诗,但是想不起来了。侄子一直摸着鱼钩,希望哪怕能有一条鱼可以咬钩,他大喊:

"阿耶德!给我们煮壶茶!"

"伊阿姆,你跟我说之前我就想煮了,但是我没看见有水,我们今天的水已经喝完了,因为今天天气太热了。"

鲁薇斯街区

阿耶德每次讲故事都会发誓,说他的故事千真万确:

"有人让我装一壶海水去烧水,然后我就装好放在火上煮,等水开了之后我把茶叶放进去搅拌。我以为他是在开玩笑,结果他对我说:

'我没说要让你这么煮茶,还有别说那句话。'"

阿耶德再次发誓:

"我发誓我没喝过比这还好喝的茶,就像不是海水煮的一样。"

"他让你不要说的话是什么?"

"奉至仁至善的真主之名。"

"愿真主饶恕,这是绝不可以的。"

"真主会饶恕并原谅他的,他对我说我只要活着就不要把这件事告诉任何人,我发誓,在此之前我没有告诉过其他人这个故事。但是你们都知道他,他有很多为他服务的仆人。"

"真主会饶恕并原谅他的。"

十三

"照看好她,复活日那天我会向你问起她的。"

他离开了,来时的路已消失得无影无踪,他向身边一个害怕得发抖的小女孩伸出了手,小女孩指着前面低声说:

"我的爸爸……"

"别害怕,我和你的爸爸一样。"

他握住女孩的手,女孩哭得喘不上气:

"我的爸爸……"

女孩的手恋恋不舍地依旧指着前面,他把手放在女孩的头上,说:

鲁薇斯街区

"亲爱的别害怕,你的爸爸会回来的,继续往前走你就能见到他了。"

太阳就要落山了,狂乱的风一会儿向东吹,一会儿向西吹,但死亡的气息没有被吹散,反而悄悄散布到了村子里所有生物身上。

"七年没有下雨了。"

"泉眼都没水了,果园也干枯了。"

"枣椰树死了,羊也死了。"

"还有人,人都饿死了。"

阿卜杜·拉赫曼正在给他们讲这个男人的故事,这个人正是他们刚才在井旁谈论的人。

"快要饿死的时候,我和我的朋友一起出去,打算随便找点东西果腹。但是三天过去了,我们还是一无所获。我起身去看我的朋友,他和我没什么区别,我在心里暗暗说,我和他之间如果他先死掉,那我就把他吃了。我真的太饿了,饿到想把我的朋友吃了充饥。我们躲在一块干草下,看见一只狼在追一只骨瘦如柴的羊,甚至这只羊看上去已经瘦到连羊毛都没有了。那只狼在几乎快要追上羊咬住羊肩的时候死了,就死

十三

在了羊的旁边,我和朋友因为这只狼和羊开心的不得了,捡了些柴火就把它俩一起烤了吃。吃饱了以后我跟他坦白,要是他死在我前面,我就打算把他吃了,朋友笑着对我说:

'我发誓我和你想到一块了,甚至我想的更过分,但是真主拯救了你,我刚才内心还挣扎着要不要你活着的时候就把你吃了呢。'"

太阳落山了,他怕错过礼拜的时间,赶忙做了土净,然后开始礼拜。结束后他起身看见一个人带着个小女孩快步向他走来,小女孩看起来不超过五岁,那个人停在他的身边,说:

"我以真主向你提问,你结婚了吗?"

"赞美真主,我发誓没结婚。"

"你有儿子吗?"

"有一个儿子。"

"有女儿吗?"

"我有一个女儿,怎么了吗?"

他把带来的小女孩推向他,女孩死死抓着他的衣服。

"太好了,把这个妹妹带回去给你的家人,真主助你养活他们。"

他送出小女孩后,凝视着这个男人的双眼,眼神像用子弹射杀猎物一般,他解释道:

"要是她留在我身边,她就会和她那些兄弟们一个下场——都饿死了。希望你能把她好好抚养长大,要好好照顾她,她成年后就把她嫁给你其中一个儿子吧。"

男人还没从惊讶中缓过神,那人便快要消失在视野中。那人稍稍驻足了一会,回头看向他,用拐杖指着他大喊道:

"照看好她,复活日那天我会向你问起她的。"

十四

  吉达在城墙背后繁衍生息——
孕育出街上的海水，
阳台上的湿气，
门后的女人们。
  吉达繁衍出的人和房屋，快要拥挤得让它窒息了，人们也同样觉得这里狭窄不堪。
  吉达变得越来越无法忍受城墙里的一切，但也无法适应墙外的生活。
  每当人们在城墙台上伸长脖子眺望远方时，总能看见海上的强盗和陆地上的贝都因人。他们会赶忙决

鲁薇斯街区

定关闭吉达的几扇大门,求真主庇佑,免遭海上和陆上恶魔们的毒手。人们等待着死亡从四周的某个方向出现,起风时,死亡以贝都因人的模样靠近;海浪向他们翻涌时,死亡就变成海盗的模样……吉达感受到是真主阻挡了海盗的入侵,让贝都因的暴徒暂时低头,它稍稍恢复了往日的神采,派出使者们游历四方土地。他们如果能平安归家,会马上通知家人们,然后他们的家人将一拥而上地向他跑去,就像吉达听说了鲁薇斯的消息之后那样。它把鲁薇斯当作吉达其他的街区一样对待,城墙里的人们在鲁薇斯搭建房屋来补偿他,背靠大海、身披水雾的生活就这样持续了几个世纪。

"哈姆托,天气如何?"

"天气真的太好了,又是微风和煦。"

"贝都因人呢?"

"可怜的人们啊,他们现在落魄了。"

十五

  吉达朝我们慢慢挪动身躯……

  那些逃离了贫穷生活和潮湿巷子的有钱人，他们把鲁薇斯当作自己的疗养院。

  父亲们曾经禁止在上面建房子的那块空地，如今他们在那里建起了房屋。从前那里只有风和野狗跑来跑去，它们像是永远也不会迷路。

  他们的房子和我们大不相同，我们看见他们在穷人的箱子和孤儿们栖身的茅屋之间，竖起一座座宫殿似的房子，周围是石头和泥土做成的房屋。

  我们的父亲们怒气冲天，说看见这些宫殿的窗户

鲁薇斯街区

未经许可就侵犯到了我们的家里，母亲们只能生活在羞耻中。

这座城市掀开了我们家里的帘子。

我们的村子，那些我们在院子里竖起一座座坟墓的村子也开始愤怒地呻吟。我们听见故事里祖祖辈辈们血管里的血液沸腾的声音，父辈们也不再高谈阔论，给我们讲述灵魂和风共同嬉闹在沙漠里的回忆。

从前的鲁薇斯无拘无束，他们搬来后，鲁薇斯变成了附属。

还有那些视死如归的部落，有着决不让异乡人践踏的骨气。但在敌人面前低下头颅时，他们才想起这里已经不是他们自己的土地了，他们生活的时代已经结束了。

鲁薇斯变得越来越凄凉，父亲们口中那些祖辈的故事已然成为梦魇。父亲们早上郁郁寡欢地醒来，像是从村子里被赶回来一样；晚上又从这座城市郁郁寡欢地回家，这座城市施舍给他们餐桌上的残羹剩饭。然后在他们离去的时候将大街小巷里他们留下的印记都清洗掉，将身后的城门紧闭。

十五

　　一栋栋房子向我们不断逼近，把我们与城市的距离拉得越来越远……

　　他们的富裕揭露了我们的贫穷；

　　他们的城市文明突显了我们的贝都因生活。

　　甚至是他们孩子们的身体，看起来是那么养尊处优，皮肤白里透红。相比之下我们从祖先那里继承来的身体，被埋伏的狼群撕咬、被烈日灼伤——这烈日不同于照耀在城市上空的那种——还有被贫穷榨干的皮肤，紧紧贴在骨头上。

十六

我们在鲁薇斯为自己准备好了坟墓。

原野上的最后一只狼在孤独地嚎叫。

最后一口井被山里的土掩埋,然后消失了;

最后一棵枣椰树垂下了树枝,那些曾经在树下乘凉的人们,他们的心也随之坠落,这片土地上再也没有留给他们的荫蔽了。

我们为自己备好坟墓的时候,远方出现了一所学校。

那天,他们又开始建房子,我们起初觉得这不过是从吉达市中心来的"入侵者"们又一座新的宫殿,

鲁薇斯街区

或是父辈们的胸前新添的一处伤痕，抑或是母亲们被烈日晒黑的脸上又蒙上的一层面纱。吉达规划出了一块新的地方，学校的位置就在这些宫殿和我们用干草、泥土，和贫穷筑起的房子之间。

那天，这所学校为我们敞开了大门，展现出一个全新的世界。那是一座神圣的宫殿，在那里我们知道了，人们是如何上下楼梯，如何坐在椅子上，如何用固定在墙上的水龙头里流出的水洗脸，如何透过玻璃窗看见我们一贫如洗的家。我们用手触摸这些墙壁，如此的光滑平整！我们惊讶于轻轻碰一下墙上的按钮就可以点亮一盏灯，或者让天花板上的风扇转起来。

在学校的座位上，我们看见了那些人。我们眼里的他们通常都是出现在玻璃窗后的身影，或者出现在他们父辈的车窗后。他们乘坐的汽车在我们的鼻子上留下尾气的灰尘后，扬长而去，去往的地方我们也不得而知。他们有鲜活的身体、柔软的皮肤、极为白净的衣裳，还有母亲每天早上精心为他们打理好的头发，编成一束辫子在头上晃来晃去。他们和我们一样坐在教室的椅子上，老师进到班级里时，他们站起来，我

十六

们便也跟着站了起来；他们举手回答问题，我们也举手；突然被提问时他们支支吾吾回答不上来，我们同样也支支吾吾。

学校成了我们的第二个家，成了每天早上居住的宫殿，午后放学带着新的故事回家，我们的故事和父辈们的不同。他们故事里的人物和我们毫无相似之处，他们故事里的主人公从火中死里逃生，被鱼吞入腹中却大难不死，跌落井底却毫发无伤，还有从骆驼身上扯下一块石头做成的心脏，被宰杀后的牛和人们讨论自己的肉，死透了的驴又活了过来，停在山顶的许多船只，风和火掠过的村庄，被水淹没的村庄，漂浮到云霄间又坠落大地的村庄……这些空白页上的字不过是另一些故事，我们用两只手的指头计算着故事的页数。

不仅仅是我们的父辈，会为我们编撰一个只存在于故事里的奇妙世界，也不只有祖父辈们的身影在我们安然入睡时进入梦乡。学校里，我们有了新的父辈人物，他们用梦幻渲染了我们的世界。梦里的场景变成了城市，那里并没有父辈们的传奇，也没有狼群驰骋的村子，更没有溪水满溢的河流，上面飘满了鲜花和果实。

鲁薇斯街区

我们愈发频繁地谈论新父辈们，他们与我们共享这座崭新的宫殿，我们曾经以为只有他们才能住在这里。新父亲给我们带来了属于他们的故事，那是一个我们未曾见过的世界，那个世界让我们不再关注鲁薇斯和茅草屋、吉达来的"侵略者"们的宫殿，还有他们用玻璃做成的窗子。

我们也察觉到了新父辈们的奇特之处。这些来自陌生地方的人，他们的穿着和我们的父辈不同，讲话的语调也从未在我们父辈的口中听闻过。我们和新父辈们一起穿行在麦田里，学习摘葡萄、榨橄榄油，然后瞪大眼睛站在原地，惊讶地看着悬浮天地间的圣殿岩石。

这所学校并不是从荒野中而来，并不像那些放弃了游牧生活的贝都因人一样，也不像那些来自吉达的城里人。这所学校不以城市文明嫌恶我们，不会强迫我们和它一样，也不会因为我们仍怀揣着的贝都因的精神而蔑视我们。这所学校从远方来，它接纳了我们，我们也接纳了这所学校，它让我们和那些自视清高的人平起平坐，它就像在某个夜里忽然从天而降。

十六

　　那天，我们在鲁薇斯恸哭着，为自己准备坟墓，我们用它递来的纸巾擦干眼泪，睁开眼睛，看见了一片广阔的田野，我们的梦和幻想在那里自由地奔跑……远离了鲁薇斯和这里的人，远离了踉跄在城市和乡村之间的父辈们，远离了游牧于旷野深处的祖父辈们——他们早已死去。